NAPOLÉON,

OU LE CORSE DÉVOILÉ,

ODE AUX FRANÇAIS.

IMPRIMERIE DE LE NORMANT, RUE DE SEINE,
N°. 8. F. S. G.

NAPOLÉON,

OU LE CORSE DÉVOILÉ,

ODE AUX FRANÇAIS;

PAR F. CHERON.

Plus la course est rapide, plus le naufrage
est inévitable. Dieu abandonne l'orgueil à
lui-même : ces hommes si vantés expient
souvent dans la honte d'une chute éclatante
l'injustice des applaudissemens publics.

MASSILLON, *Petit Carême*, Sermon
sur la Gloire humaine.

PARIS,

LE NORMANT, LIBRAIRE, RUE DE SEINE.

1814.

Y+

AVERTISSEMENT.

CETTE Ode a été composée en 1809. Il n'y avoit aucun moyen de la faire paroître en France. S'il n'y avoit eu de danger que pour moi, je ne l'aurois point redouté; mais la tyrannie, sous laquelle nous gémissions, étoit trop habile et trop vigilante pour ne pas s'être emparée de toutes les presses; et je n'ai voulu compromettre aucun des imprimeurs qui m'é-toient connus par leurs sentimens d'attachement pour leur Roi. Cette Ode n'a été communi-quée qu'à un petit nombre d'amis sûrs, et elle n'étoit point sortie de ma mémoire jusqu'au mois de septembre 1812. A cette époque, une Française, dont le caractère et les qualités du cœur et de l'esprit sont au-dessus de tout éloge, obtint un passeport pour aller rejoindre son mari en Angleterre. La confiance qu'elle avoit su m'inspirer, ne me laissa point résister à lui donner connoissance de mon ouvrage. Elle me pressa de lui permettre d'en prendre copie. Je lui fis envisager les périls qu'elle couroit;

elle ne voulut rien entendre, et partit, munie de cette pièce, qui pouvoit l'exposer à la vengeance du tyran. La Providence a permis qu'elle arrivât heureusement en Angleterre, où j'ai appris que cette Ode est imprimée depuis dix-huit mois, avec des notes. Il ne m'en est parvenu aucun exemplaire; et j'ignore quelles notes on a pu y joindre. Plusieurs volumes ne suffiroient pas à retracer le nombre des crimes du tyran le plus exécrable, dont les Annales du monde fassent mention. Je dois pourtant faire aussi quelques notes, non pour l'intelligence des faits, que personne, hélas! ne peut nier, mais pour les renouveler dans le souvenir d'un trop grand nombre de Français, qui justifient aux yeux des nations de l'Europe les reproches de légèreté, d'insouciance et de frivolité, dont ils ont été si souvent l'objet. Je tâcherai du moins que ces notes soient de la plus grande brièveté. C'est au burin de l'histoire à graver d'une manière ineffaçable dans l'esprit des hommes, les forfaits des tyrans, ainsi que la foiblesse et la longue patience des peuples qui les ont soufferts.

NAPOLÉON,

OU LE CORSE DÉVOILÉ,

ODE AUX FRANÇAIS.

De la plus sanglante anarchie

Le règne étoit près de finir (1),

Et de l'antique monarchie

Bientôt les lys alloient fleurir ;

Du sein de l'impure licence

S'éleva, pour punir la France,

Un mortel farouche et pervers,

Qui, dans son audace insensée,

Conçut l'infernale pensée

De bouleverser l'univers.

(1) On se rappelle la lutte glorieuse des citoyens de Paris contre la Convention nationale en vendémiaire an IV (1796) : le despotisme affreux de cette assemblée paroissoit toucher à sa fin ; tous les cœurs appeloient Louis XVIII ; les *sections* de Paris, trop confiantes dans cette unanimité de vœux, se laissèrent tromper par un aventurier nommé *Danican*, qui les trahit sous le masque du royalisme. C'est alors qu'apparut l'étoile sanglante de Buonaparte, qui offrit ses services à la Convention, et fit mitrailler les habitans de la capitale.

Dans la Corse (1) qui le vit naître,

Façonnée à la trahison,

Son âme semble toujours être

Le triste asile du soupçon ;

Son visage est sombre et livide (2),

Son œil incertain et perfide

Recèle une noire fureur;

Rien ne l'émeut, rien ne le touche,

L'injure (3) est toujours sur sa bouche,

Et la vengeance dans son cœur.

(1) Le monstre Corse a fait périr plus de *quatre millions* de Français, et le bon Louis XVI a mieux aimé mourir victime des factions que de répandre une goutte de sang !

(2) Tous ceux qui ont vu le tyran jugeront si ce portrait est véritable.

(3) Les courtisans de Napoléon ont osé parler de sa bonté... ...mais exista-t-il jamais un despote qui n'ait eu ses momens de douceur ? La vérité est que toutes les fois que Napoléon éprouvoit le moindre obstacle, son caractère féroce démentoit bientôt ces fausses apparences, et qu'il osoit appeler lâches, traîtres, parjures, ses meilleurs généraux, ses défenseurs les plus dévoués.

Héritier de la tyrannie

Des vils suppôts de la terreur (1) ;

Pour eux son atroce génie

Avoit signalé sa fureur ;

A jamais de vendémiaire

Le mois terrible et sanguinaire

Epouvantera les esprits ;

Ce fut sa première victoire ;

Oui, son premier titre à la gloire

Fût le massacre de Paris.

(1) C'est le massacre de vendémiaire qui valut à Buonaparte le commandement de l'armée d'Italie : le directoire en-
trevit l'ambition démesurée du nouveau général. Comme il
avoit déjà pris quelque ascendant sur les soldats, on capitula,
pour ainsi dire, avec lui, et, pour s'en défaire, on l'en-
voya en Egypte pour alimenter son imagination aventurière
et romanesque ; cette expédition coûta cent mille hommes et
cent millions à la France, et Buonaparte, vaincu, s'enfuit....
sur le trône de Louis XVI.

Bientôt dispensateur prodigue

De l'or et du sang des Français,

L'insensé renversa la digue (1)

Conservatrice de la paix ;

Par le meurtre et le brigandage,

Etendant partout le ravage,

S'abreuvant de sang et de pleurs,

Ses épouvantables conquêtes

Ont accumulé sur nos têtes

Des siècles entiers de malheurs (2).

(1) « Rien de plus facile , dit Montesquieu ; que de faire
» des conquêtes ; ce qui est plus difficile , c'est de les con-
» server. » Cette leçon de vingt siècles d'expérience a été
oubliée par les Français : sera-t-elle perdue pour les géné-
rations futures ? les moralistes , les historiens , les publi-
cistes de toutes les nations auront-ils donc vainement flétri le
nom de Conquérant ?

(2) Cette ode a été faite en 1809 : l'auteur étoit loin de
prévoir l'étonnante révolution du 31 mars 1814 , dans laquelle , sous les auspices du magnanime Alexandre et de ses
généreux alliés Guillaume et François , les Français ont re-
conquis leur légitime souverain, sans trouble et sans effusion
de sang.

Par quelles vertus, à quel titre

Prétend il régler nos destins?

Eh ! qui donc l'a rendu l'arbitre

Des peuples et des souverains (1)?

Son génie?.... Orgueil déplorable !

Ah ! de ce génie effroyable,

Dieu! délivrez ma nation !

Ton génie, inflexible Corse?

Tu n'as que celui de la force,

Celui de la destruction.

(1) On a fait un abus bien terrible de certains mots de la langue française : les écrivains les plus insensés , les plus pervers, des prédicateurs de débauche et d'athéisme ont été honorés comme des *génies*. Ce mot faisoit oublier tous leurs principes funestes , toutes leurs doctrines erronées. Un homme qui a versé pendant quinze ans des flots de sang , qui menaçoit de détruire l'espèce humaine , qui disoit : « Il m'im- » porte peu de régner sur les Français , pourvu que je règne » sur la France. » Cet homme a été proclamé un homme de *génie* !!!

Que devons-nous à ce génie

Dont on proclame la grandeur (1) ?...

Du commerce et de l'industrie

Et la ruine et le malheur ;

Accablés d'impôts arbitraires,

Tous les Français sont tributaires

Du luxe de ses courtisans ;

Les campagnes sont dépeuplées ;

Partout les mères désolées

Lui redemandent leurs enfans (2).

(1) Il faudroit le pinceau de Tacite pour retracer l'épouvantable série de malheurs, qui ont si long-temps pesé sur la France, et dont nos augustes libérateurs ont enfin marqué le terme. On a osé faire mille rapports calomnieux des maux inséparables de la guerre, qui ont précédé la chute de Napoléon : mais ces rapports, fussent-ils aussi vrais qu'ils sont démontrés faux, quel en est l'auteur ?.. En paroissant l'ignorer, on ressembleroit à l'animal stupide, qui mord la pierre, et méconnoît la main qui la lui jette.

(2) Pauvres mères !... je ne puis que pleurer en songeant à vos malheurs ; il me seroit impossible de les décrire.

Luxembourg ! Catinat ! Turenne !

Et vous, noble et vaillant Bourbon,

Condé, dont sa jalouse haine

Frappa l'illustre rejeton !

Au milieu des camps, des alarmes,

Vos lauriers vous coûtoient des larmes;

Mais lui, sans pitié, sans remords (1),

Dans sa frénétique démence,

Il ne pourra trouver en France

Assez de sang et de trésors.

---

(1) Que de traits d'humanité je pourrois citer de tous ces braves généraux et chevaliers dont la France s'enorgueillit ! mais ils sont dans la mémoire et dans le cœur de tous les bons Français !

Napoléon, au contraire, aimoit le sang et le carnage : c'est lui qui disoit dans ses bulletins, que *huit cents bouches à feu vomissant la mort de toutes parts, offroient un spectacle admirable;* qui s'extasioit, sur le champ de bataille d'Eylau, à la vue *du reflet que le sang produisoit sur la neige;* qui écrivoit à un commandant de place : *Les bombes brûlent une ville, écrasent les vieillards, les femmes et les enfans, mais elles ne font pas sourciller un homme de cœur;* c'est lui qui disoit à ses soldats : *Ne prenez pas garde aux blessés, marchez sur eux !!!!* etc. etc.

Que d'autres célèbrent encore

Sa clémence envers les proscrits (1)!

Fausse clémence, que j'abhorre!

Savez-vous quel en est le prix?

Les D'Harcourt, les Clermont-Tonnerres

Sont, aux emplois les plus vulgaires

Condamnés à s'assujettir;

Et leur noblesse révérée

Est de son abjecte livrée

Contrainte de se revêtir.

---

(1) Le tyran avoit bien ses raisons pour rappeler les émi-
grés; il vouloit en imposer au peuple : plusieurs nobles familles
ont été les dupes de ses promesses fallacieuses. Pendant long-
temps, il a laissé croire qu'il vouloit rendre le trône à ses rois
légitimes : une fois rentrés en France, les nobles ont été
forcés de subir le joug. Napoléon, par une de ces contra-
dictions ordinaires aux tyrans, auroit bien voulu honorer sa
cour; mais il ne dissimuloit pas en même temps qu'il ne
cherchoit qu'à *compromettre* ceux qu'il attachoit à son ser-
vice. Il savoit donc bien que toute sa puissance ne pouvoit
lui conquérir les cœurs. Non, il ne les a pas conquis; et
Louis XVIII sait bien aussi qu'il avoit d'aussi zélés serviteurs
aux Tuileries qu'auprès de sa personne.

Mais de la religion sainte

Il a relevé les autels !

L'imposteur ! sa piété feinte

Cachoit des desseins criminels (1) ;

Couvert de ce voile hypocrite,

Il trompa la foule séduite ;

Que vouloit-il ?... Que ses forfaits (2),

Publiés jusques dans les temples,

Fussent célébrés comme exemples,

Et chantés comme des bienfaits.

(1) C'est une des plus savantes manœuvres de la politique du Corse, que d'avoir laissé croire qu'il étoit chrétien et catholique. Mais aussi cet acte fameux d'hypocrisie est un des plus éclatans hommages qu'ait pu recevoir la religion. C'est encore pour *compromettre* le clergé qu'il a voulu le rendre l'instrument de ses desseins. Le clergé a mieux aimé plier sous un joug passager, que d'exposer la France aux horreurs d'un schisme. Il a cédé, mais en implorant Dieu chaque jour pour la délivrance de la chrétienté. La Providence a exaucé ses vœux.

(2) Le plus grand nombre des prélats et des curés de France ont montré le plus noble caractère dans les circonstances difficiles où ils se sont trouvés.

Dites-nous, ô Pontife auguste,

De la foi glorieux martyr,

Modèle des vertus du Juste,

Dites-nous comme il sait trahir (1) !

Vous vous taisez... votre âme sainte

Dédaigne toute humaine plainte ;

Mais, s'élevant jusques aux cieux,

Sa vive et fervente prière

Allume le divin tonnerre

Qui doit écraser l'orgueilleux.

(1) J'aurois pu faire la même invocation à Leurs Majestés l'Empereur de toutes les Russies, l'Empereur d'Autriche, le Roi de Prusse, et à tous les autres souverains que Napoléon a trahis. Quelles révélations l'histoire nous fera de toutes ces horreurs !

Et je n'ai point parlé du sacrilége enlèvement de la famille royale d'Espagne ! Le récit de don Pedro Cevallos est publié, et en fera connoître tous les détails odieux. C'est la vérité elle-même, qui a dicté ce chef-d'œuvre de candeur et de simplicité.

Quant au long martyre de Pie VII, on en connoîtra bientôt toutes les circonstances. Cette histoire sera un triomphe pour la religion de nos pères.

Partout ce tyran sacrilége (1),

Profanant la religion,

Marche toujours tendant un piége,

Ou semant la corruption :

Flattant le peuple qu'il domine,

De Jésus il suit la doctrine

Favorable à son intérêt ;

Naguère, aux plaines de l'Afrique,

Sa détestable politique

Servoit le dieu de Mahomet (2).

(1) Nous rappellerons ici le distique de Sénèque sur le peuple Corse :

> *Lex prima ulcisci, lex altera vivere rapto,*
> *Tertia mentiri, quarta negare Deos.*

Se venger, piller, mentir et *nier Dieu,* voilà les quatre préceptes fondamentaux de ces Insulaires. Napoléon n'en a démenti aucun, et il les a tous portés jusqu'à la même exagération que sa colossale puissance.

(2) On peut lire les bulletins de l'armée d'Egypte, Bonaparte disoit alors que *le Dieu de Mahomet étoit le vrai Dieu,* et que lui, général des Français et chrétien, étoit *l'envoyé de Mahomet.*

Et c'est ce monstre abominable

Que plus d'un écrivain flétri

Ose nous montrer comparable

Au bon et magnanime Henri (1) !

O délire de la bassesse !

Et c'est aux Français qu'on s'adresse !......

Jamais, sur ce front détesté (2),

Ce peuple sensible et fidèle

Ne reconnaîtra le modèle

De l'honneur et de la bonté.

---

(1) Rendons hommage aux écrivains français. Aucun de ceux dont les ouvrages, sont faits pour honorer la littérature, n'a fait un semblable parallèle. Je ne parle ici que d'un très-petit nombre d'hommes qui, depuis long-temps, sont perdus d'honneur, même dans le parti pour lequel ils écrivoient. J'en connois d'autres qui, depuis plusieurs années, versent des larmes de sang sur quelques phrases qui leur ont été arrachées par la terreur. Leur prompt retour aux principes conservateurs les a suffisamment justifiés.

(2) Des milliers d'individus des deux sexes et de toutes les classes de citoyens, n'ont jamais pu regarder, sans frémir, la figure du tyran, même sur la monnoie où elle est empreinte.

O Henri ! si ta noble cendre (1)

Pouvait se ranimer un jour !

O ! si le ciel pouvait te rendre

A nos souhaits , à notre amour !

Que de transports ! que d'allégresse !

Et que de larmes de tendresse

S'échapperoient de tous les cœurs !

O bon roi ! ta seule présence

Feroit oublier à la France

Vingt ans de crime et de malheurs !

(1) Le nom d'Henri IV a toujours produit une émotion involontaire dans tous les cœurs français, même dans les temps d'anarchie et sous le règne démocratique. Le peuple ne perdra jamais la mémoire de ce bon roi. Combien ce nom chéri devient plus touchant et plus doux à prononcer , à l'époque de la restauration de son illustre famille ! Eh ! qui pourroit méconnoître la bonté , la magnanimité , toutes les vertus des Bourbons ? *Leurs mains sont pures du sang français.* Hâtez-vous de vous rendre à nos vœux , Louis , Charles , Henri , dont les noms nous rappéllent tant de règnes paisibles et fortunés ! Et vous, noble et belle princesse, digne fille de Louis XVI, venez soulager les maux des infortunés qui gémissent de votre absence ! Vous serez la mère des pauvres, et leurs cœurs se briseront d'attendrissement à votre vue.

Mais töi, l'opprobre de la terre ;

Tremble sur ton trône sanglant !

Tyran, tôn règne est éphémère (1),

Et la postérité t'attend !

A la gloire solide et pure

Jamais l'assassin , le parjure

N'auront de véritables droits :

Pichegru, frappé dans ses chaînes (2) ,

D'Enghien , massacré dans Vincennes ,

Parlent plus haut que tes exploits.

(1) Je ne puis me défendre d'un peu d'orgueil, en répétant que c'est en 1809 ; lorsque le tyran était au faîte , je n'ai jamais dit de sa gloire, mais de sa puissance, que j'ai composé cette Ode. Je n'ai pas été un seul instant ébloui par les victoires de ce nouvel Attila. Bien loin de là, j'en ai toujours gémi ; et je n'ai cessé de prédire que sa chute seroit plus rapide encore que son élévation.

(2) Français ! la vérité toute entière vous sera bientôt connue, et il ne vous sera pas permis de douter que Pichegru a été étranglé dans sa prison par l'ordre de ce cannibale, qui redoutoit les déclarations, terribles pour lui, de ce général, aussi estimé des étrangers que de ses compatriotes.

Quant au massacre du vertueux duc d'Enghien….. ; vous en connoissez déjà d'horribles circonstances. Bientôt aucune d'elles ne vous sera cachée, et vous frémirez d'horreur !

On ose dire que ces crimes

Sont ceux de la nécessité (1),

Qu'un petit nombre de victimes

A suffi pour sa sûreté!.....

Non, il laisse dormir sa rage,

Déjà plus d'un triste présage

Glace mon cœur épouvanté.

Un péril..... un soupçon peut-être.....

Et la France verra renaître

Le règne de la cruauté.

---

(1) Il faut rendre cette justice à la nation française, que ces crimes n'ont trouvé dans son sein aucun apologiste déclaré: mais les tyrans ont toujours à leurs ordres trop d'esclaves, qui, dans l'impossibilité de justifier les forfaits, s'étudient à en atténuer l'horreur, à force de subtilités et de sophismes. Napoléon, effrayé lui-même de cette force d'opinion qui le condamnoit si hautement par son silence, n'a pas osé trop multiplier ces exécutions sanglantes. A quoi fûmes-nous redevables de ce sommeil du tigre ?.... A cette *léthargie de servitude* suivant la belle expression de Balzac, qui avait prostitué jusqu'à l'obéissance. Mais, à la moindre apparence de révolte, des flots de sang auroient coulé, et Paris se seroit écroulé sous les mains incendiaires du Corse.

Chantez, poëtes mercenaires (1),

Chantez le grand Napoléon!

Chantez ses lauriers sanguinaires,

Sa dévorante ambition.

Pour nous, plus de paix, plus de trêve,

Le cruel a tiré le glaive;

Chantez, le sang coule à grands flots,

La guerre est une boucherie;

Chantez!.... ou craignez la furie

De votre implacable héros.

---

(1) *Facit indignatio versum.* J'avoue que c'est à ce sentiment indomptable, qu'est dû le mouvement de cette strophe, dont plusieurs de mes amis ont été vivement frappés; mais j'ai besoin de répéter encore que je ne comprends pas parmi les écrivains *mercenaires* tous ceux à qui l'on *commandoit* les éloges, et qui en acceptoient avec horreur la chétive rétribution. Je ne veux parler que de ceux qui flattoient pour être payés, et qui, trop souvent, recevoient l'affront d'être privés du prix de leur bassesse. Tous les hommes de lettres, tous les poëtes vraiment dignes de ce nom, ont déjà prouvé, par une manifestation authentique de leurs sentimens, combien leur étoit odieux le joug sous lequel ils étoient asservis.

Mais moi , Français, sujet fidèle (1)

A l'auguste sang de mes rois ,

Je voue une haine éternelle

A l'usurpateur de leurs droits.

Quand viendra le jour de vengeance

Où, de sa coupable puissance

Finira le cours désastreux ?.

Tombe ce tyran exécrable ,

Et que sa chute épouvantable

Serve d'exemple à nos neveux !

(1) J'étois fort jeune lorsque la révolution a commencé ;
je n'avois ni titres, ni places, ni pensions, ni priviléges
d'aucune espèce. Je n'ai donc perdu aucunes richesses au
changement de gouvernement : c'est donc par un sentiment
pur et désintéressé que je suis resté fidèle à mes rois ; et ce
sentiment n'est rien autre chose que l'horreur du crime, de
l'anarchie et du despotisme , et l'amour de l'ordre et de la
paix. Ils ne peuvent être ramenés en France que sous les
drapeaux d'un prince, qui , par ses droits légitimes au trône
de la France , peut seul faire taire toutes les ambitions , finir
tous nos malheurs , et nous assurer un repos et une pros-
périté inébranlables.

O France ! ô ma chère patrie (1)!

Jusques à quand souffriras-tu

Qu'une race impure et flétrie

Opprime ton peuple abattu ?

Reprens ta Royale couronne,

Et précipite de son trône

Ce fils du crime et des hasards;

Trop long-temps la pourpre décore

Un infâme, qui déshonore

Le diadême des Césars.

---

(1) Ma patrie est sauvée. Nous devons ce bienfait à la Providence, qui a dirigé vers nous des souverains magnanimes, qui offrent à l'univers le plus beau spectacle dont les annales du monde fassent mention La calomnie et la trahison n'ont pu parvenir à les irriter. Quelle a été l'admiration des Parisiens, lorsqu'ils ont vu la bonté, l'affabilité, la grâce, se peindre dans tous les traits, dans toutes les paroles de nos augustes libérateurs, lorsqu'ils ont vu les généraux, les officiers, et jusqu'au moindre soldat des armées alliées, se disputer, en quelque sorte, à qui se distingueroit le plus par ses égards et ses ménagemens envers les citoyens de toutes les classes ? ... Alexandre ! François ! Guillaume ! vos noms illustres sont à jamais inscrits au temple de mémoire parmi ceux des bienfaiteurs de l'humanité....... Et vous, héros du midi ! lord Wellington ! vous tous, généraux et ministres, habitans de cette terre hospitalière de notre roi et de nos preux, une gloire immortelle a couronné vos généreux efforts, et l'Angleterre est devenue l'amie de la France !

www.ingramcontent.com/pod-product-compliance
Lightning Source LLC
Chambersburg PA
CBHW061516170626
46811CB00004B/1736